1. 마스크 사용법

2. 올바른 손 씻기

3. 코로나-19 증상들

4. 예방 수칙 - 기본 행동 수칙

5. 예방 수칙 - 의료기관 행동 수칙

6. 예방 수칙 - 학교생활 수칙

7. 예방 수칙 - 직장인 예방 수칙

8. 예방 수칙 - 자가격리환자 생활 수칙

9. 예방 수칙 - 야외 운동 안전 수칙

자출판사
ww.koonja.co.kr

코로나-19 예방을 위한
마스크 사용법

자기야.
톡 톡
조금 늦었지?
꼬질 꼬질
깜짝이야!
뭐야 저 마스크..
야! 마스크 그렇게 쓰고 다니면 민폐야.
잘 설명 해줄테니깐 다시 써.
?
시무룩...

안전한 마스크 사용법

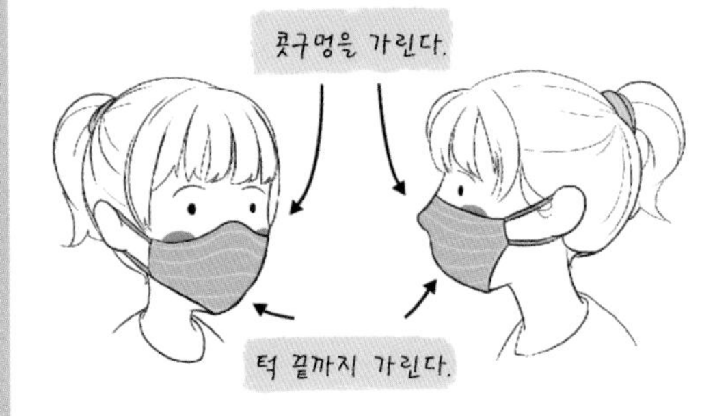

아침 시간과 저녁 시간을 나누어서
깨끗한 새 마스크를 사용하면
더 안전한 예방법이 될 수 있다.

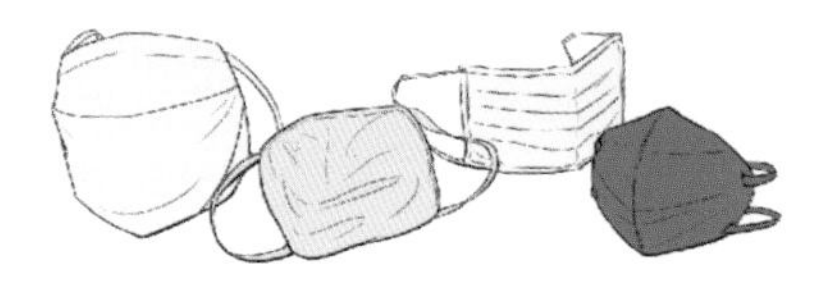

마스크를 만지기 전에
손을 깨끗하게 씻는다.

일회용 마스크는 8시간 사용 후 쓰레기통에
버리는 것이 좋으며,
세탁할 수 있는 마스크는 세탁기를
이용하여 청결을 유지하는 것이 좋다.

올바른 마스크 착용법

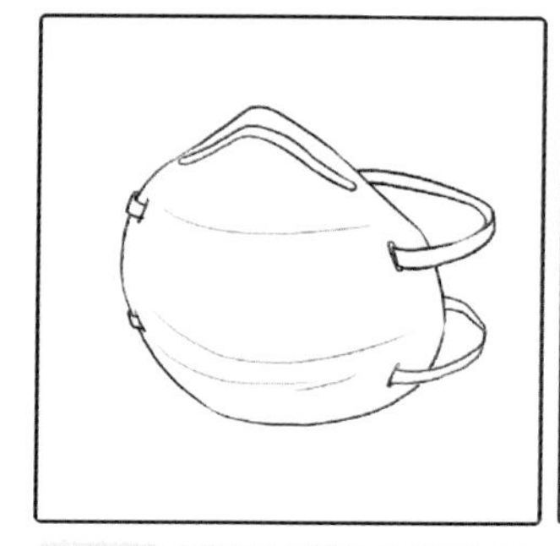

컵형 마스크를 준비한다.

코 밀착 부분을 위쪽으로 하여 마스크가 코와 턱을 감싸도록 얼굴에 맞춰준다.

한 손으로 마스크를 잡고 위의 끈을 뒷머리 위쪽에 고정시킨다.

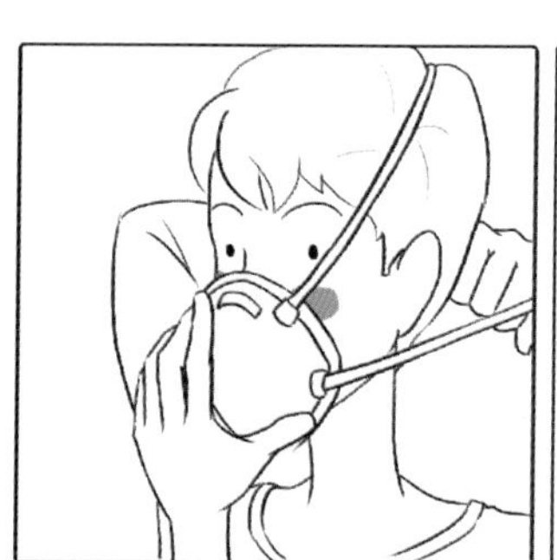

아래쪽 끈을 뒷목에 고정 시킨 뒤, 머리끈도 고리에 걸어 위치를 고정시킨다.

양 손가락으로 코편이 코에 밀착 되도록 클립을 눌러준다.

양손으로 마스크 전체를 감싸고 공기 누설을 체크하면서 안면에 밀착되도록 조정한다.

올바른 마스크 착용법

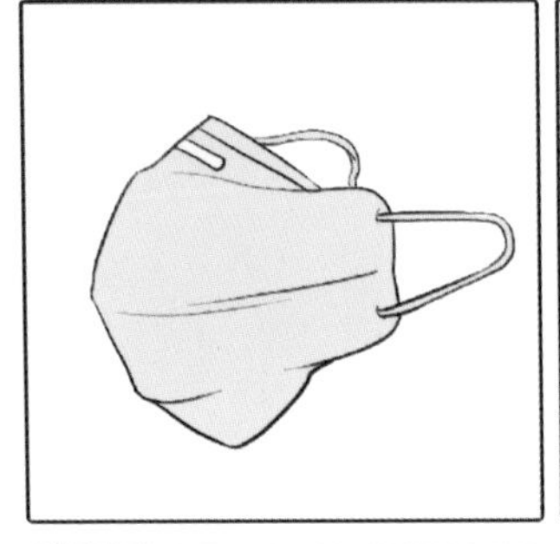

접이형 마스크를 준비한다.

고정심이 내장된 부분을 위로 하여 잡은 다음에 턱 쪽에서 코 쪽으로 코와 입을 완전히 가리도록 착용한다.

머리끈을 귀에 걸어 위치를 고정시키거나, 끈을 머리 뒤쪽으로 하여 연결고리로 끈을 걸어준다.

양 손가락으로 코편 부분이 코에 밀착되도록 클립을 눌러준다.

양손으로 마스크 전체를 감싸고 공기 누설을 체크하면서 안면에 밀착되도록 조정한다.

올바른 마스크 착용법

여과식 방진 마스크 착용법

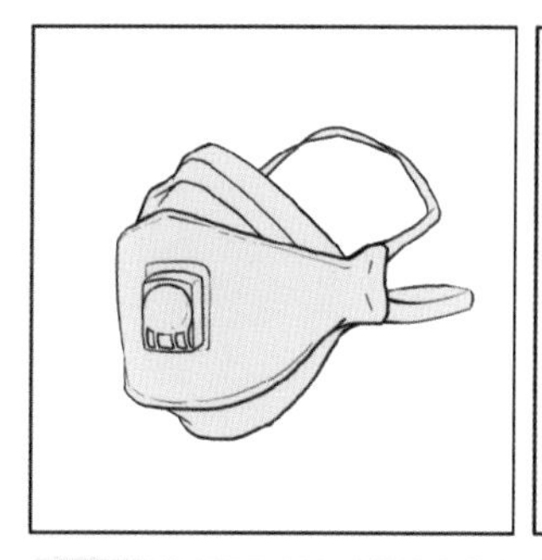

안면부 여과식 방진 마스크를 준비한다.

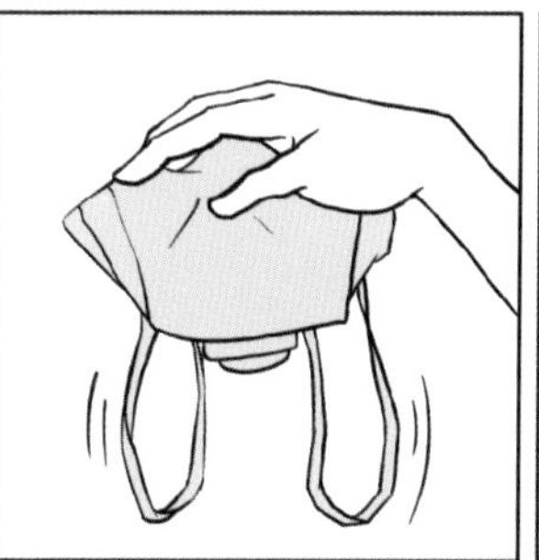

아래 방향으로 머리끈을 떨어뜨린다.

턱 아랫부분에 마스크를 갖다 댄 후 한 손으로 마스크를 잡고 다른 손으로 머리끈을 잡아당긴다.

마스크의 가장자리를 펴가며 얼굴과의 틈새를 막아준다.

코누름쇠를 구부려서 코 부위와 잘 맞도록 고정시킨다.

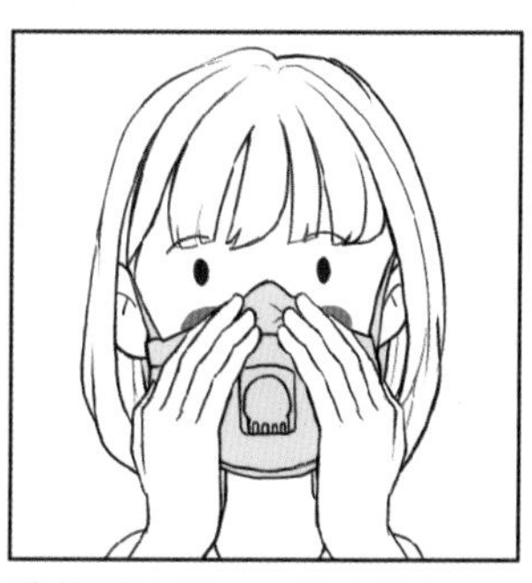

안면부가 얼굴에 완전히 밀착되었는지 양손으로 검사를 한다.

올바른 마스크 착용법

분리식 방진 마스크 착용법

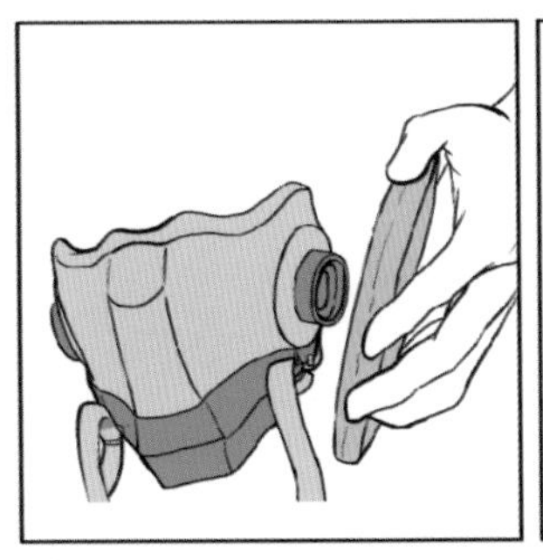

양쪽 필터를 돌려서 부착한다.

머리끈을 머리 위로 걸어준다.

안면부를 코,입,턱밑까지 충분히 감싼 후 목끈을 잡아당긴다.

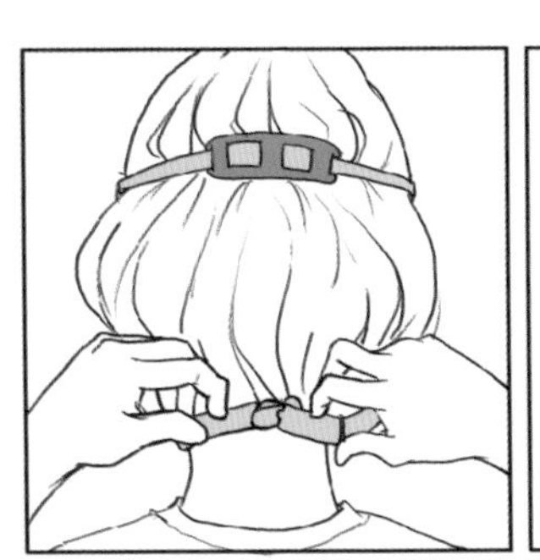

잡아당긴 목끈의 고리를 목 뒤에서 걸어준다.

코,입,턱밑을 충분히 감싼 후 밴드를 당겨 완전히 밀착 되도록 조절한다.

자출판사
w.koonja.co.kr

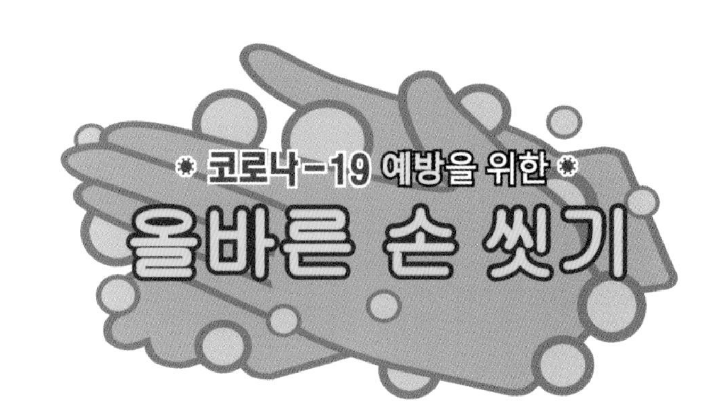
코로나-19 예방을 위한
올바른 손 씻기

아 . . . 바쁘다.
점심은 그냥
이걸로
해결해야겠어
찌익

어이. 김대리.
손은 씻고
먹으려는건가?
깜짝이야
헉!
팀장님 ...

너도 손 안씻었지?
왜 이리 조심성이
없는 거야 . . .
저. . 저요?
쯧쯧
팀장님
그냥 먹으면
안 될까요 . .

손 씻기의 중요성

코로나-19가 유행하며 손 씻기의 중요성이 강조되고 있습니다.

그렇다면, 과연 비누로 손을 씻는 것이 어떻게 감염을 예방하는 것일까요?

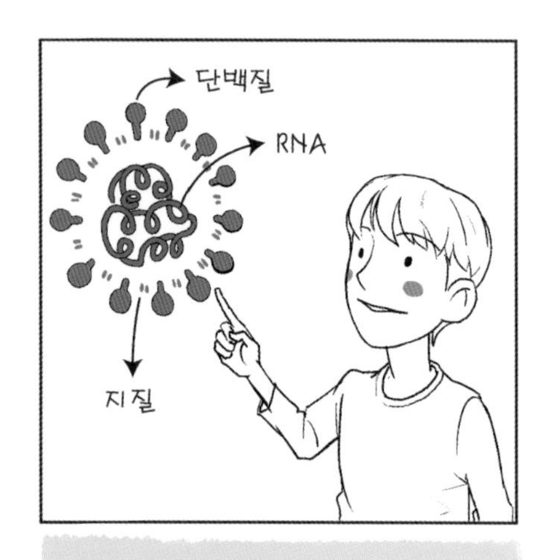

코로나-19의 구조인 RNA, 단백질, 지질은 비공유 결합을 토대로 서로 엉켜있는데,

손 씻기의 핵심은 이 뭉친 구조를 풀어내는 데 있습니다.

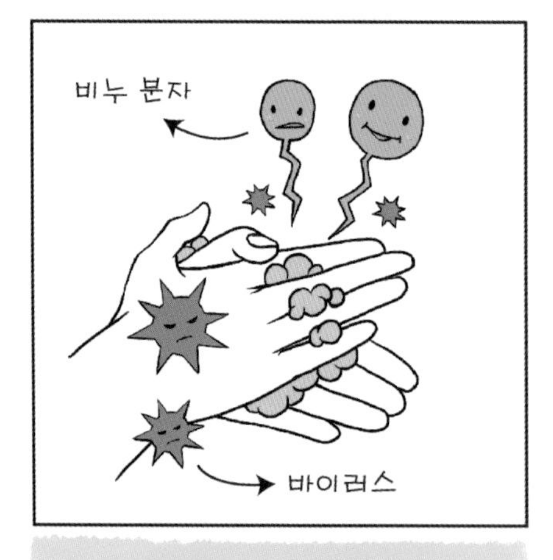

바이러스는 수소 결합을 통해 피부에 부착되는데,

비누는 이 수소 결합을 끊어내 바이러스를 피부로부터 떨어뜨립니다.

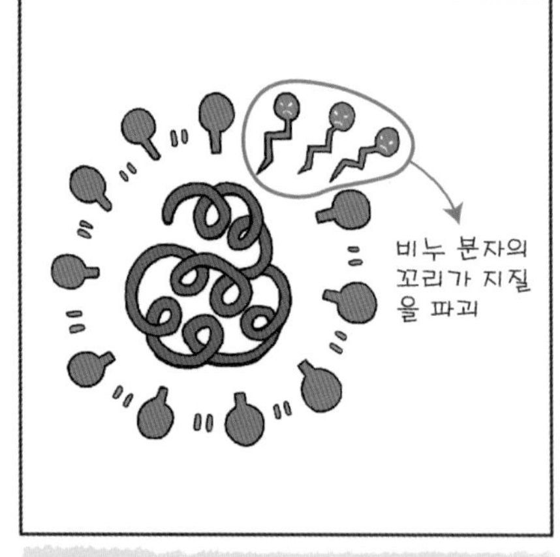

코로나-19는 외피의 스파이크단백질을 이용해 숙주세포와 결합하는데,

결과적으로 외피가 파괴된 바이러스는 세포 속으로 침투할 능력을 잃게 됩니다.

이럴 경우 체내에 들어가도 감염을 일으킬 수 없습니다.

손 씻기의 중요성

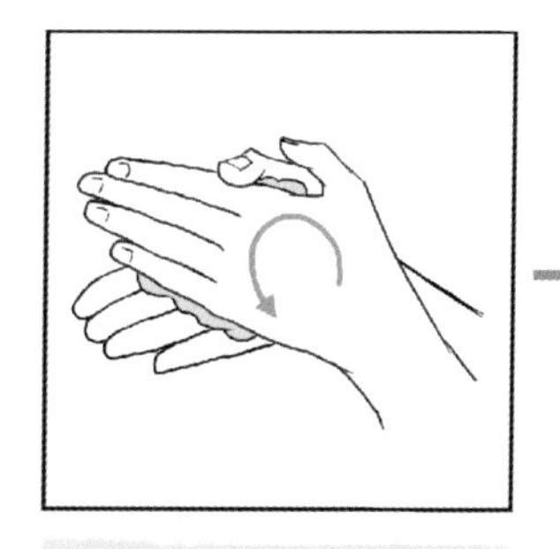

양 손바닥을 서로 마주 대고
문지릅니다.

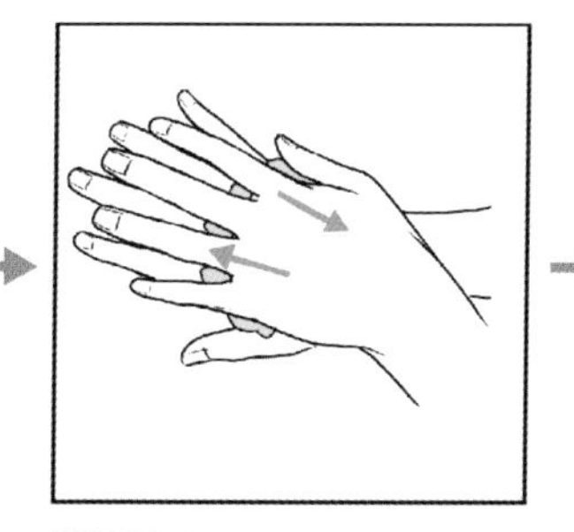

손등과 손바닥을
마주 대고 문지릅니다.

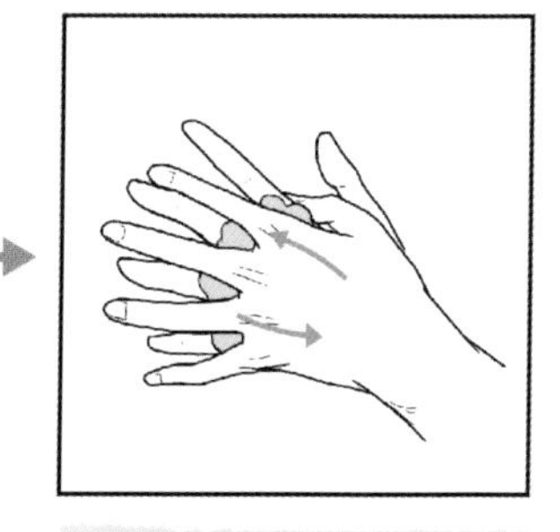

손바닥을 마주 대고
손깍지를 끼고
문질러줍니다.

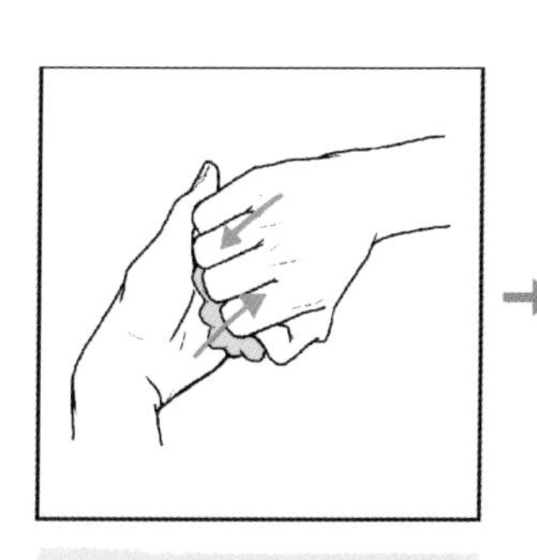

손바닥을 마주 잡고
문지릅니다.

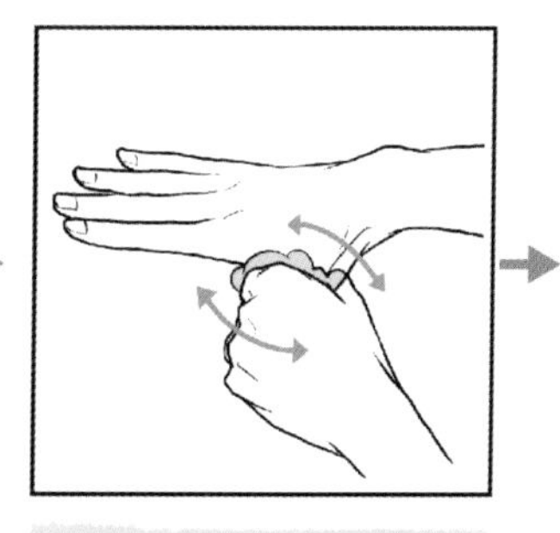

엄지손가락을 다른 편
손바닥으로 돌려주면서
문지릅니다.

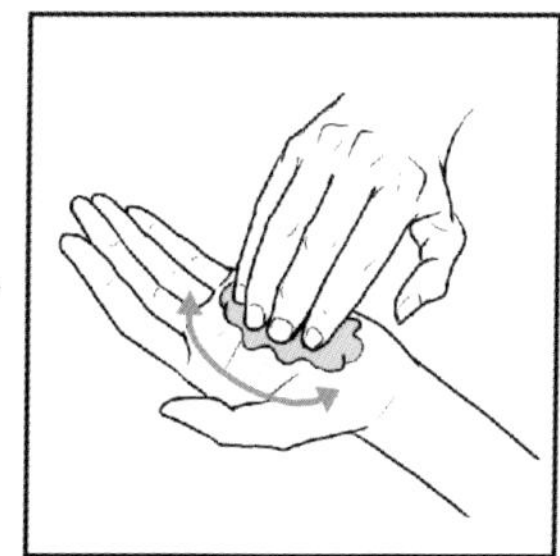

손가락을 반대편 손바닥에
놓고 문지르며 손톱 밑을
깨끗하게 닦습니다.

손 씻기의 중요성

손 씻을 때
지나치기 쉬운
부위

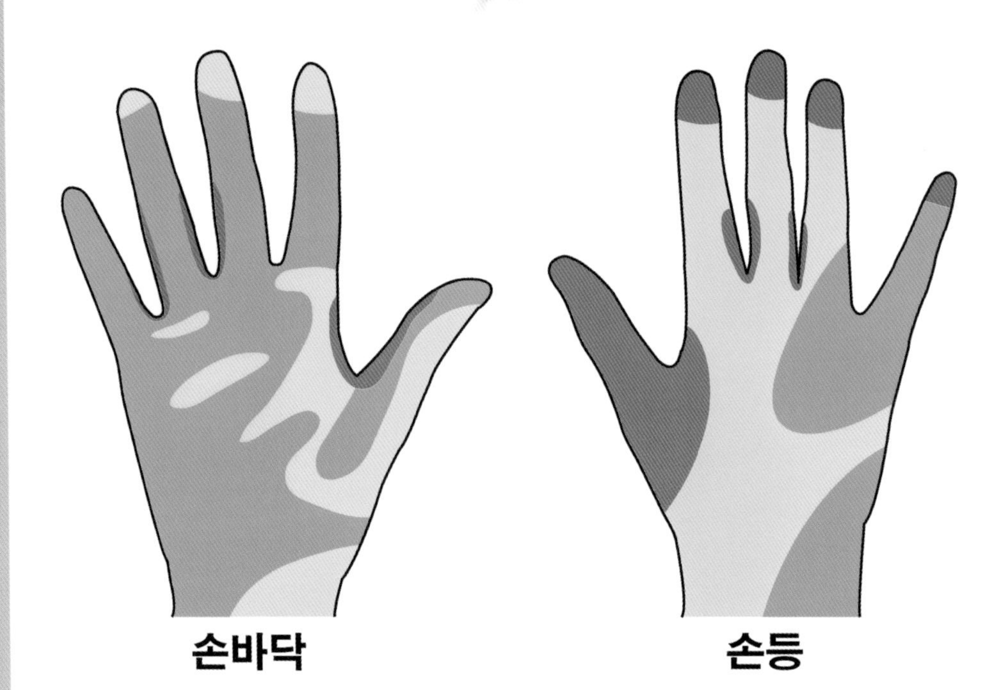

대부분 씻김

비교적 씻기지 않음

거의 씻기지 않음

손 씻기의 중요성

손 씻기가
가장 좋은 방법일까?

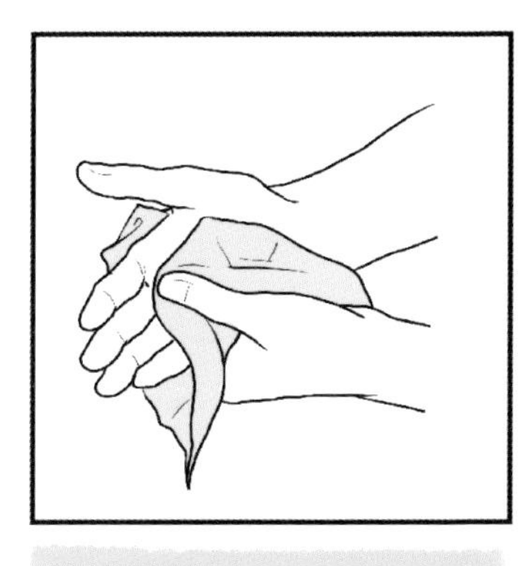

일반 물티슈는 비누 성분이 없어
효과가 떨어집니다.

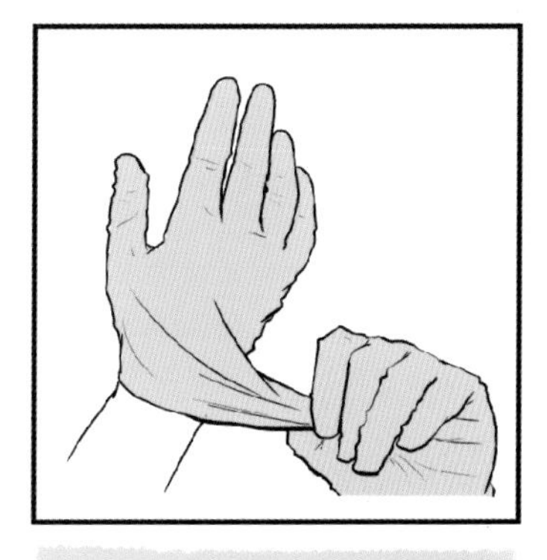

장갑을 끼면 얼굴을 더 자주
만지게 되어 오히려 감염
위험이 높아질 수 있습니다.

이처럼 가장 기본적인 방법인
물과 비누는 바이러스로부터
자신을 보호할 수 있는
가장 효과적인 방법입니다.

손 씻기의 중요성

사스와 메르스를 겪은
미국질병예방통제센터(CDC)에서
추천한 예방법은 바로 손 씻기 입니다.

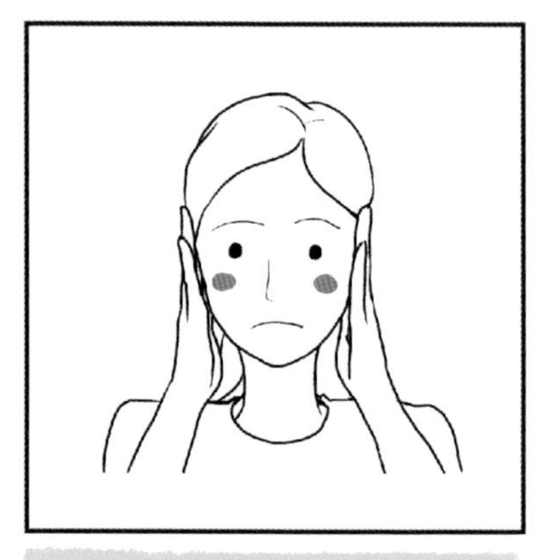

바이러스 세균의 이동은 얼굴을 만지는
손을 통해서 많이 이루어지는데,
우리가 얼굴을 만지는
횟수는 1시간에 평균 16회라고 합니다.

그러한 이유 때문에
수많은 전문가들이 마스크보다
손 씻기를 더 강조합니다.

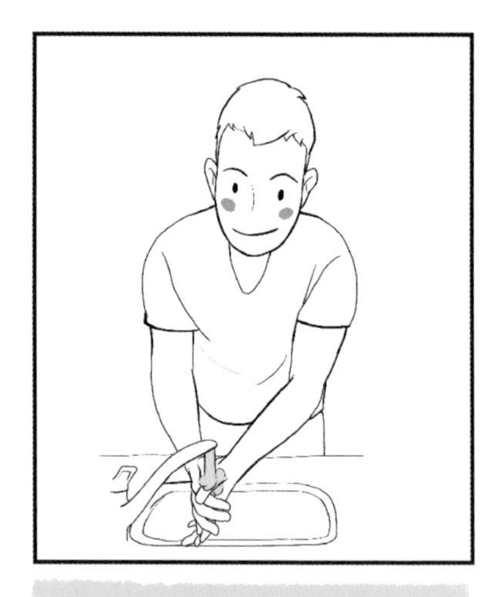

특히 비누와 흐르는 물에
30초 이상 손을 씻는 것은
그 효과가 상당합니다.

코로나-19 예방을 위한

코로나-19 증상들

코로나-19 증상들

1

발열과 근육통

2

마른기침, 심한 기침

3

호흡 곤란,
숨이 차는 증상

코로나-19 증상들

호흡기 증상 행동 수칙

호흡기 증상이 있을 시
마스크 착용하기

외출을 자제하고 집에서
하루 이틀 경과를 관찰하며
휴식하기

의료기관 방문 시에는
자차 이용 권고

진료 전 의료진에게
호흡기 질환자 접촉
여부 알리기

의료인과 방역 당국의
권고 잘 따르기

호흡기 증상 있을 시
병원 방문을 자제하고
120 콜센터 또는
1339 콜센터에 먼저 상담하기

귓속형 적외선 체온계의 올바른 사용법

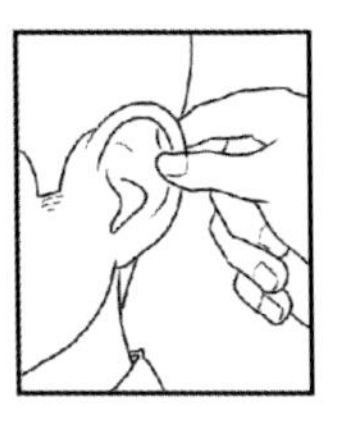

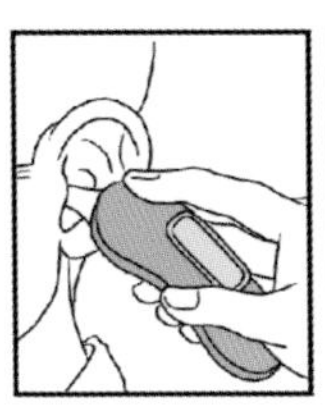

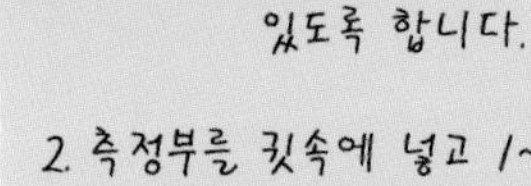

1. 귀를 약간 잡아당겨 이도를 편 후, 측정부와 고막이 일직선으로 마주볼 수 있도록 합니다.

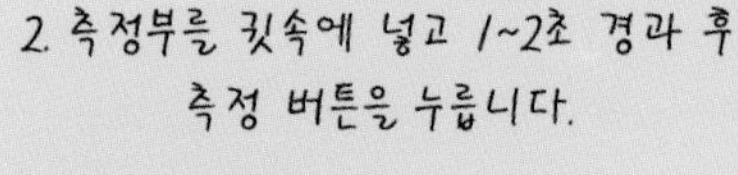

2. 측정부를 귓속에 넣고 1~2초 경과 후 측정 버튼을 누릅니다.

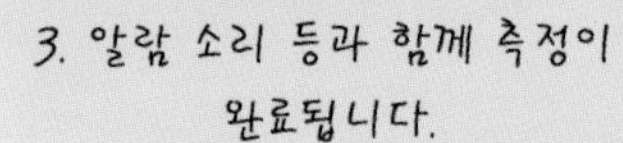

3. 알람 소리 등과 함께 측정이 완료됩니다.

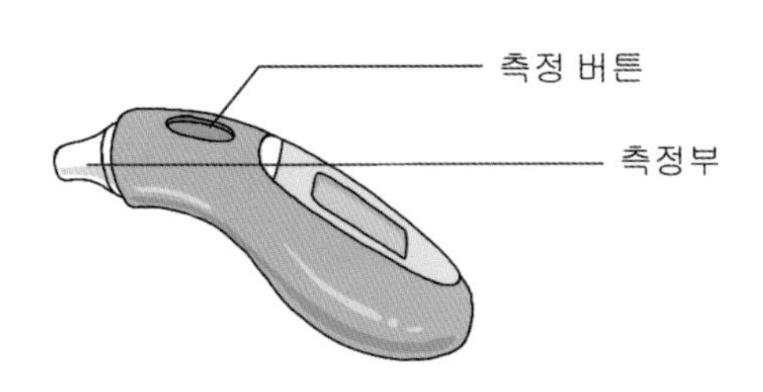

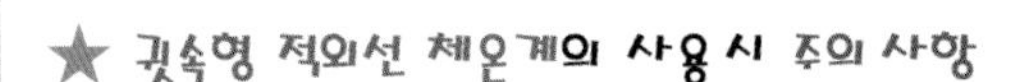

★ 귓속형 적외선 체온계의 사용 시 주의 사항

1. 측정용 필터가 일회용인 경우에는 반드시 새로운 필터로 교환하여 사용해야 합니다. 타인이 사용한 필터를 그대로 사용하면 중이염과 같은 전염병에 노출될 수 있으므로 사용하지 말아야 합니다.

2. 수영이나 목욕 등으로 귓속이 젖었을 때는 귀에 상처를 입을 수 있으므로, 귓속형 적외선 체온계를 사용해서는 안됩니다.

비접촉식 체온계의 올바른 사용법

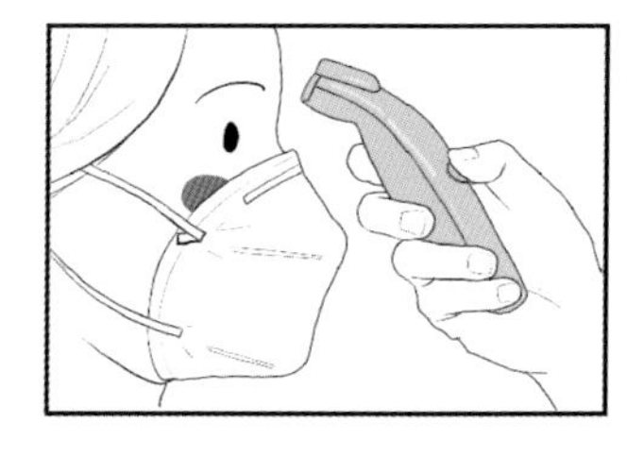

1. 측정 부위(이마, 관자놀이 등)에 적정거리(약 3 ~ 5 cm)를 두고 올바르게 위치합니다.

2. 측정 부위에 땀이나 수분을 닦고, 머리카락이 가리지 않도록 합니다.

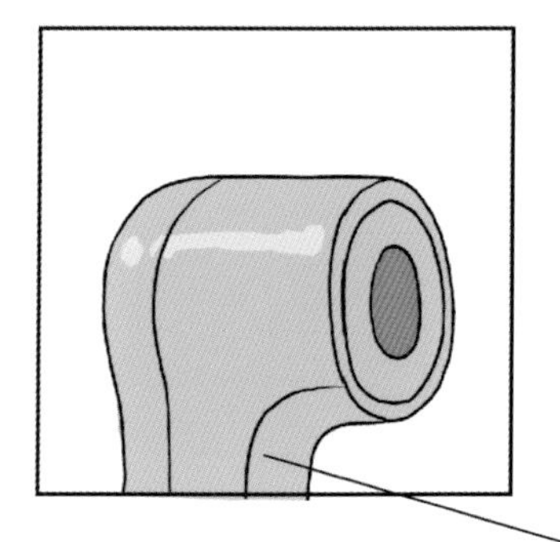

3. 체온 측정 버튼을 알람 소리가 날 때까지 누르면 측정이 완료됩니다. 표시되는 체온을 확인합니다.

△ 이마나 귀 뒤쪽에 3회 정도 측정

△ 센서를 손으로 만지지 않도록 주의

✽ 코로나-19 예방을 위한 ✽

< 예방 수칙 >
기본 행동 수칙

예방 수칙
기본 행동 수칙

기본 예방 수칙

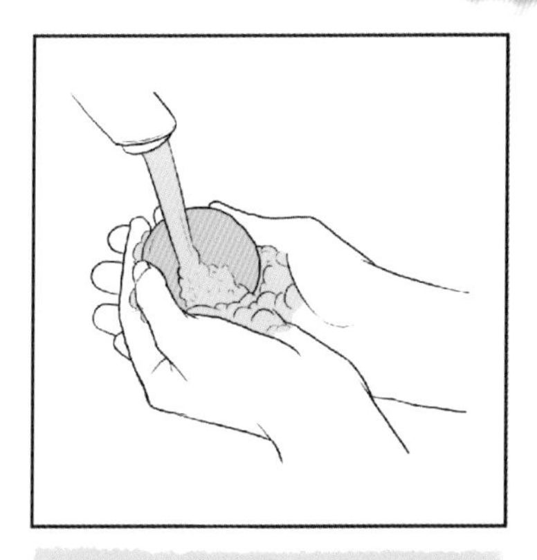

흐르는 물에 비누로
꼼꼼하게 손 씻기

기침이나 재채기할 때
옷소매로 가리기

씻지 않은 손으로
눈, 코, 입 만지지 않기

발열, 호흡기 증상자와의
접촉 피하기

예방 수칙 기본 행동 수칙

기본 예방 수칙 2

임산부, 65세 이상의 노인, 만성 질환자가 외출 시 꼭 준수해야 할 사항

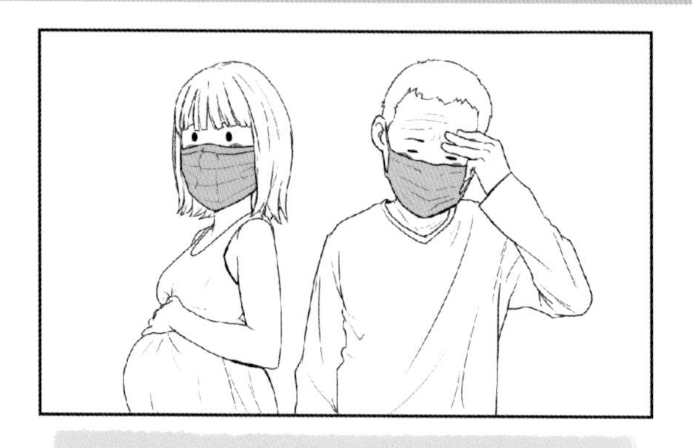

의료기관 방문 시 반드시 마스크 착용하기

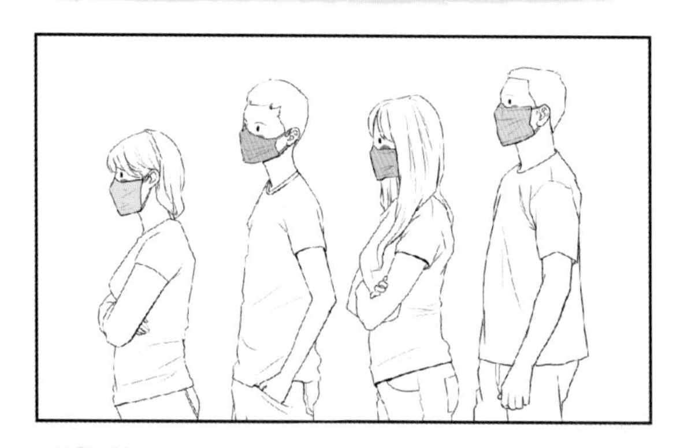

사람 많은 곳은 방문을 자제하기

예방 수칙
기본 행동 수칙

해외여행 주의 사항

동물 접촉 금지

현지 시장 및 의료기관 방문 자제

발열, 호흡기 증상자 접촉 금지

마스크는 반드시 착용하고 다니기

예방 수칙
기본 행동 수칙

거리 두기 캠페인

다중이용시설 및 체육시설
이용 자제하기

전화, sns 등을 통해
안부를 묻고
몸은 멀리, 마음은 가까이 하기

외출 및 외부 모임
타인과의 만남 자제하기

택배 물품, 배달 음식은
문 앞에 두기

군자출판사
www.koonja.co.kr

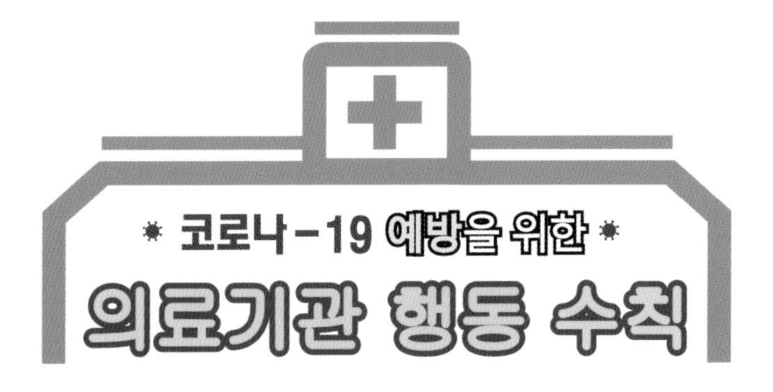
코로나-19 예방을 위한
의료기관 행동 수칙

코로나 의심환자가 있는 게 사실이야?
확실하진 않지만 증상이 비슷해요
다다다
다다다다닥
아직 우리 병원에서는 한 건도 없었던 일인데...
너! 우리 의사들이 어떻게 행동해야 하는지 알지?
네?! 그게...

의료기관 행동 수칙

코로나-19 의심자 방문 시 1

코로나-19 의심환자는 선별진료소로 안내

호흡기 질환자 진료 시 마스크 등 보호구 착용

의료기관 행동 수칙

코로나-19
의심자 방문 시 2

의심되는 호흡기 질환자
내원 시
선별 진료 철저

진찰 시 환자의
코로나-19 감염이 의심될 경우
관할보건소로
신고

의료기관 행동 수칙

의심환자 발생 시

조사대상 유증상자

의심환자 발생 시

코로나-19 발생국가-지역 방문 후 14일 이내 발열 또는 호흡기 증상이 나타난 환자

의사 소견에 따라 코로나-19가 의심되는 환자

STEP1 - 선제적 격리
STEP2 - 코로나-19 검사 실시

* 관할보건소 신고 필수

* 중요 - 발열 또는 호흡기 질환자 진료 구역 및 진료 절차를 구분하여 운영해야 한다.

출판사
koonja.co.kr

코로나-19 예방을 위한
학교생활 수칙

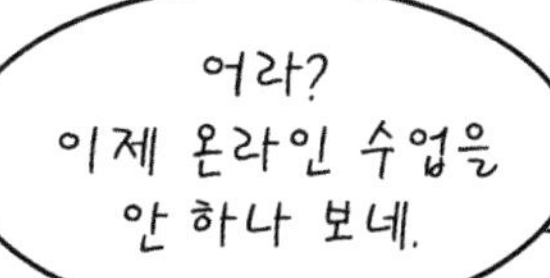
어라?
이제 온라인 수업을
안 하나 보네.

잠깐만...
그러면 학교가서
무엇을 주의해야 하지?

학교생활 수칙

올바른 학교생활

창문을 자주 열어 환기를 하고
책상을 수시로 닦습니다.

마스크는 수업 중에도,
쉬는 시간에도 항상
쓰도록 합니다.

식당에서는 앞 친구와
양팔 간격으로
줄을 서야 합니다.

몸이 아플 때는
선생님께 반드시
말해야 합니다.

학교 급식 주의 사항

급식실 출입 이전에
학생 발열 검사

식당 입구에
손 소독제 비치

배식 및 식사 시
대화 삼가, 적정 간격 유지

학생 접촉이 빈번한
시설과 기구는
매일 청소 소독 및
식당 환기 강화

등교 후 주의 사항

- 교실 간 이동, 불필요한 활동 자제
- 학교 내 주요 공간은 1일 1회 이상 소독
- 일과 중 발열 검사
- 외부인 학교 출입은 원칙적으로 금지
- 생활 속 거리두기 실천
- 교실 창문 수시 개방 등 환기 생활화
- 발열, 호흡기, 증상 등 유증상자는 별도 관리

코로나-19 예방을 위한

직장인 예방 수칙

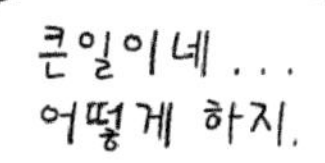

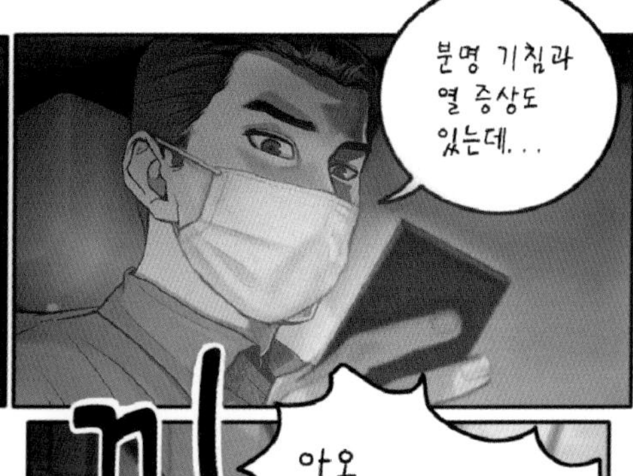

직장인 예방 수칙

직장인을 위한 예방 수칙

기침, 발열이 있는
직원은
재택 근무하기

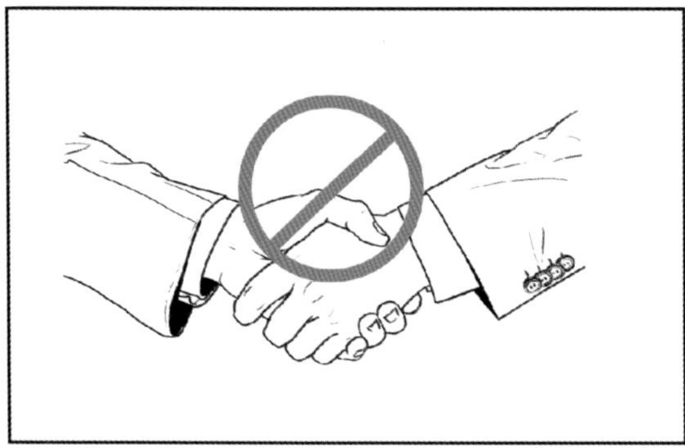

악수 등 신체 접촉을
자제하기

손이 자주 닿는 곳을
(책상, 키보드, 마우스, 전화기)
주기적으로 소독하고
청소하기

직장인 예방 수칙

직장인을 위한 예방 수칙

고객을 응대하는 경우
마스크를 반드시
착용하기

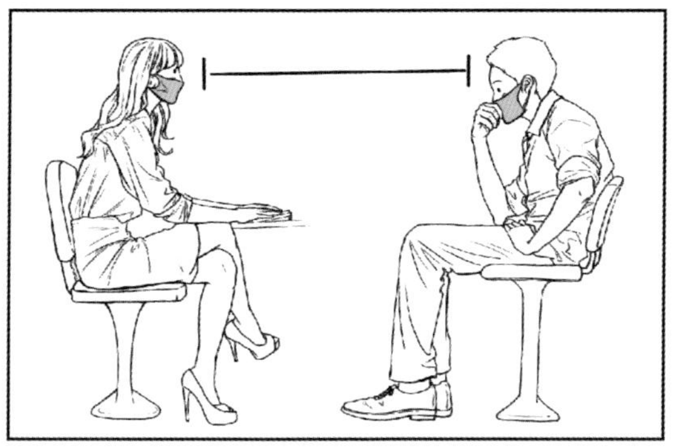

충분한 거리를
유지하여
자리를 배치하기

국내외 출장을
자제하기

직장인 예방 수칙

직장인을 위한
예방 수칙

사무실, 작업장을
반드시 환기하기

침방울이 튀는
(노래 부르기, 구호 외치기 등)
행위들을 자제하기

규칙적인 운동으로
건강한 생활 습관을
유지하기

직장인을 위한
예방 수칙

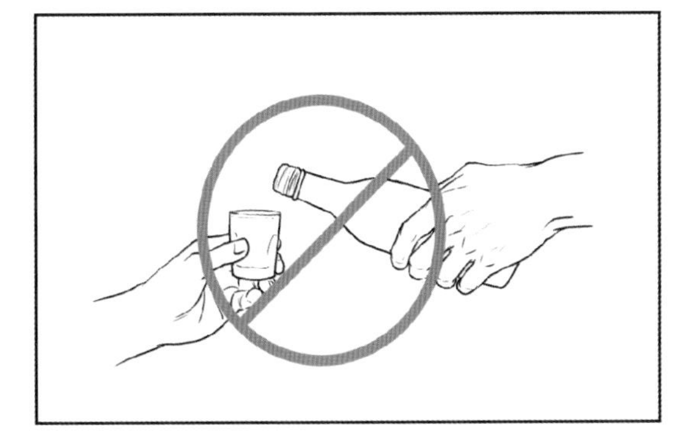

잦은 회식은
자제하기

거리는 멀어도
마음은 가까이하기

✲ 코로나-19 예방을 위한 ✲

자가격리환자 생활 수칙

자가격리환자 생활 수칙

자가격리 대상자 생활 수칙

감염 전파
방지를 위해
격리장소 외에
외출 금지

독립된 공간에서
혼자 생활하기
- 방문은 닫은 채 창문을
열어 자주 환기
- 식사는 혼자서 하기

진료 등 외출이
불가피할 경우
반드시 관할보건소에
먼저 연락하기

자가격리환자 생활 수칙

자가격리 대상자 생활 수칙

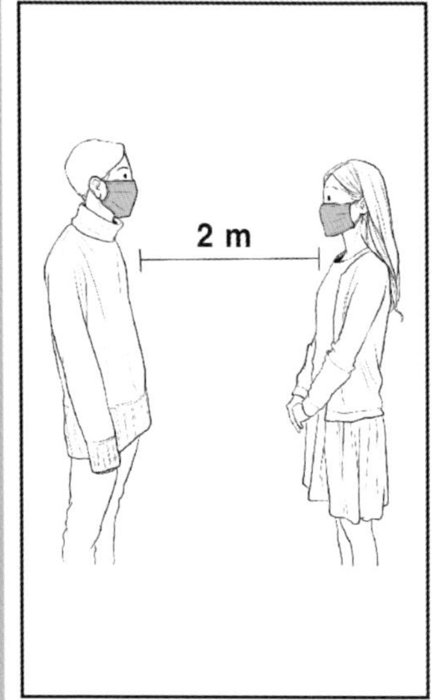

가족 또는 동거인과 대화 등 접촉하지 않기

- 불가피할 경우, 얼굴을 맞대지 않고 마스크를 쓴 채로 서로 2 m이상 거리두기

개인용 수건, 식기류 휴대전화 등 개인 물품을 사용하기

- 의복 및 침구류 단독 세탁
- 식기류는 별도 분리하여 다른 사람 사용 금지

건강 수칙 지키기

- 손 씻기, 손소독 철저히 준수
- 외부에서는 항상 마스크를 착용하기

군자출판사
www.koonja.co.kr

코로나-19 예방을 위한
야외 운동
안전 수칙

따
좋았어 !
악

야 . . .
어떻게
반응해야
하냐 . . .
몰라.
나도 박수
칠 뻔 했어.
배운대로
해야지 . . .
휘
이
이
잉~
....?

야외 운동 안전 수칙

골프, 등산, 자전거 등 야외 운동 안전 수칙

실내 라커룸에서도
항상 마스크 착용

자전거 운동 시에도
사회적 거리두기
(2 m) 지키기

캐디와 골프채를
주고 받을 경우
손 세정하기

야외 운동 안전 수칙

골프, 등산, 자전거 등 야외 운동 안전 수칙

'야호'
'나이스 샷'
등 환호 자제하기

뒤풀이, 음식
나눠 먹기 자제하기

관광버스 대신
자차 이용하기

코로나-19 예방법

첫째판 1쇄 인쇄 | 2021년 1월 4일
첫째판 1쇄 발행 | 2021년 1월 8일

발 행 인 장주연
출 판 기 획 진승우
편집디자인 진승우
표지디자인 김재욱
발 행 처 군자출판사(주)
등록 제4-139호(1991. 6. 24)
본사 (10881) **파주출판단지** 경기도 파주시 회동길 338(서패동 474-1)
전화 (031) 943-1888 팩스 (031) 955-9545
홈페이지 | www.koonja.co.kr

* 파본은 교환하여 드립니다.
* 검인은 저자와의 합의하에 생략합니다.

ISBN 979-11-5955-629-6

정가 8,000원